PARIS-RESTAURANT

PAR

LES AUTEURS DES MÉMOIRES DE BILBOQUET

Prix : 50 centimes.

PARIS. — 1854.

LIBRAIRIE D'ALPHONSE TARIDE

GALERIE DE L'ODÉON

PARIS-RESTAURANT

Imprimerie de Ch. Lahure (ancienne maison Crapelet)
rue de Vaugirard, 9, près de l'Odéon.

PARIS-RESTAURANT.

I.

Simples prolégomènes.

Soyons sérieux cette fois!

Il s'agit dans le présent volume de faire dîner à la fois avec logique et distinction tous les lecteurs déjà si nombreux des *Petits-Paris*.

Vous le savez, Paris est, en fait de cuisine, la ville à la fois la plus splendide et la plus pauvre, la plus intelligente et la plus encroûtée du monde.

Vous y trouvez tous les contrastes,

toutes les grandeurs, toutes les misères
de la table ; sans cesse et partout la ro-
che Tarpéienne à côté du Capitole, Lu-
cullus à côté de Rouget.

II.

Le tohu-bohu culinaire.

Orientez-vous donc au milieu de ce
Pandémonium des restaurants parisiens,
si vous n'avez pas avec vous un homme
pratique, un mentor culinaire qui vous
pilote, vous dise ce qu'il faut éviter ou
rechercher, vous prenne sous le bras
pour vous guider, comme a fait Virgile
pour Dante, l'auteur de *la Divine Co-
médie*, cette tartine du moyen âge à
trois services.

Eh ! mon Dieu, ce n'est pas parce

que nous nous appelons *Bilboquet*, que nous sommes incapables de vous dire la vérité : au contraire !

III.

Profession de foi.

Notre rôle à nous, philosophes pratiques, n'est-il pas de plumer, de mettre à la broche ou en capilotade tous les abus, préjugés, mensonges et sophistications qui altèrent et nous gâtent si souvent notre belle civilisation parisienne ?

Il s'agit ici d'ailleurs de notre estomac à tous, une chose sacrée !

Faut-il vous protester que vous n'entendrez pas sonner une seule fois la note de la complaisance ni retentir la fanfare de la vieille réclame dans les pages que vous allez lire?

IV.

Le catéchisme du dîneur.

Qui? nous, flatter les restaurants, si enfoncés encore à l'heure qu'il est dans la tradition et la routine!... Ah! pour qui nous prenez-vous donc?...

C'est tout bonnement le *catéchisme du dîneur parisien* que nous prétendons établir ici. A nous donc la vérité sans la moindre feuille de vigne!

Quand on ira dîner hors de chez soi, il faudra absolument que l'on ait notre petit volume dans sa poche, comme on prend son paroissien pour aller à la messe.

Nous parsémerons de loin en loin nos chapitres de quelques aphorismes et pensées détachées que nous vous engageons à bien méditer.

Ce seront presque toujours les éléments, les bases du grand art de dîner chez le restaurateur. — Nous commençons.

V.

Les restaurants à vol d'oiseau.

Placé sur une éminence quelconque, comme qui dirait les buttes Montmartre de l'imagination, vous promenez vos regards éblouis sur cette innombrable fourmilière de tous les établissements culinaires qui fonctionnent dans Paris : grandes et petites maisons; traiteurs rouges, gris, verts, jaunes, artistes et faiseurs; hauts restaurateurs et vils gargotiers.

C'est d'abord un grésillement, un tohu-bohu de fourneaux, de vaisselle et de marmitons; mille bottes d'asperges fantastiques vous passent à la fois devant les yeux; les épinards se croisent avec les rémoulades, les artichauts avec les charlottes, les plats à six sous avec les faisans dorés.

Il semble que pour dîner, pour accomplir cet acte si grave qui représente l'avenir et l'estomac de la société moderne, il n'y ait qu'à se fier au fatalisme, à se jeter tête baissée dans cette immense marmite, ce tourbillon culinaire qui se trouve devant vous.

On dîne partout, en définitive : au sud et au nord, à la barrière de l'Étoile et à l'extrémité du faubourg Saint-Antoine,

rue Saint-Jacques et rue Montmartre.
— Où dîne-t-on à Paris, je vous le demande?

VI.

L'heure du berger de l'estomac.

Tout le monde a éprouvé plus ou
moins cette heure de perplexité, de cinq
à six heures du soir, alors que l'estomac,
tendrement éveillé dans vos entrailles,
vous crie de sa voix si douce : *Vrai potage, — vrai beefsteak, — vrai mé-
doc,* etc.

Quelle douleur avec des dispositions
pareilles de tomber dans un lupanar
gastronomique, un de ces guêpiers comme
on en trouve dans les environs de Robe-
lot, successeur de Bonnefoy !

PENSÉE.

De l'influence de la cuisine sur l'avenir et la civilisation des peuples. — D'où vient que l'Académie des sciences morales ne se décide pas à proposer cette vieille question qu'on attend d'elle depuis si longtemps?

APHORISME.

N'entrez jamais sous aucun prétexte dans un restaurant qui n'en est pas à sa troisième édition pour le moins, c'est-à-dire à sa troisième année d'existence.

VII.

Les grands restaurants.

Peu à peu cependant, le chaos se dé-
gage.

Dans ce grand pêle-mêle de restaurants où vous n'aviez d'abord distingué
qu'une seule note, une seule teinte, les
couches s'établissent, la hiérarchie se
forme, l'ivraie s'isole du bon grain.

La couche supérieure n'a guère
changé et ne changera sans doute pas
d'ici à longtemps.

Ce sont toujours les vieux noms, les
classiques qu'il faut citer d'abord.

En première ligne, Véry, les Frères
Provençaux, le café Anglais, Véfour,
le café de la Madeleine, le café de Paris.

Un bon restaurant est un peu comme un poëme plus ou moins épique ; on ne l'improvise pas en un jour.

Il faut beaucoup de tradition, de savoir, d'expérience et aussi de génie. Une cave seule est tout un monde : une vraie cave doit remonter à Louis XIV et au grand Condé pour le moins.

PENSÉE.

Quand un restaurateur va mettre à la scène quelque haut cru vraiment d'élite, Clos-Vougeot, Romanée, ou Crémant grappe d'or, pourquoi n'envoie-t-il pas une réclame à tous les journaux comme les directeurs de spectacles pour leurs pièces nouvelles ? — Il est évident qu'il viendrait des gens de New-York et de Boston exprès pour déguster les premières représentations de ces vins-là.

VIII.

Les erreurs des bonnes maisons.

Nous avons dit les établissements de premier ordre.

Sont-ils donc irréprochables, faut-il les considérer comme des types de perfection absolue? Non sans doute, ils ont tous leurs mauvais jours. Qui d'entre nous ne les a pas éprouvés?

Que Véry frappe sur sa poitrine et se demande si ses financières sont toujours ce qu'elles devraient être?

Durand est distingué, correct, mais il manque souvent d'imprévu et d'animation; on sent que son chef n'a pas le diable au corps.

Le café Anglais a de très-belles parties sans doute, mais il a souvent aussi ses jours de défaillance fort tristes.

Le café Anglais a d'ailleurs toujours manqué de rédacteur en chef.

IX.

Renouvellement des Provençaux.

Un jour, Collot, le propriétaire actuel des *Frères Provençaux*, fut pris d'un sombre accès de désespoir.

Il faut dire qu'il dirigeait alors, comme Tavernier, qui occupe aujourd'hui le trône de Véfour aîné, un de ces établissements à quarante sous par tête, où se commettent tant d'infamies à toute espèce de sauces.

« Quel métier est-ce que je fais ? se dit Collot, je fricote dans le bon marché, je produis des bouillons, des fricassées et des vols-au-vent à faire frémir la nature ! Je suis un monstre ! je mériterais quelquefois d'être mis aux échalottes comme mes pieds de veau. Est-ce de la cuisine que j'exécute ? non, c'est du rabais, de l'indigne rabais : je corromps mon époque avec des beefsteaks qui devraient passer en cour d'assises !... »

Tout à coup Collot apprend que les *Frères Provençaux* situés dans son voisinage sont à vendre.

Aussitôt son front se déplisse, son bonnet de soie s'épanouit vers un avenir meilleur.

« Si je les achetais, ces Provençaux ? Si je me refaisais une virginité culinaire avec cet établissement modèle.

— Oui, dit Mme Collot, une femme de génie dans son genre, mais il ne s'agit pas d'acheter ce temple, ce monument, pour le détruire ou même l'affaiblir dans aucun de ses détails. Au contraire, il faut faire mieux qu'on n'a fait avant nous. Précisément parce qu'on sait que nous sortons des voies de la mauvaise cuisine à prix fixe, nous devons être plus splendides, plus riches en gibier, en poissons, en fruits que nos prédécesseurs. Quand on s'appelle *les Frères Provençaux*, il s'agit de justifier son titre. Ainsi, pas de lésineries, pas d'arrière-pensées ; brûlons nos vieux fourneaux ; ne gardons pas même un cure-dent de notre ancienne destinée. »

Collot baissa la tête et se prit à réfléchir :

« Tu as raison, ma femme ; donne-moi le bras et enjambons le Rubicon. Nous avons deux cent mille francs d'économie ; dès demain je les applique rien qu'à notre cave. »

Voilà comme on perpétue les véritables établissements !

APHORISME.

Quand le garçon vous offre du maquereau, demandez-lui du saumon ; quand
il vous offre du turbot, demandez-lui de
la sole.— Le poisson a été donné au garçon pour déguiser sa pensée.

X.

Les restaurants de seconde classe.

Ensuite viennent les maisons de second ordre, ou de première seconde
force, si vous voulez ; c'est Vachette, Bignon, la Maison-d'Or, Philippe, Magny,
Leblond, etc.

6

C'est déjà moins relevé, plus pâteux, ou, sous d'autres rapports, plus clinquant et plus choufliqué que les maisons précédentes.

Les diplomates et les vieux toqués qui dépensent tous les jours cinquante francs à leur dîner, vont moins volontiers dans ces maisons-là.

Viennent ensuite les établissements de troisième ordre : Bonvalet, Deffieux, Brébant, etc.

Enfin la décadence : les restaurants qui ne valent pas même l'honneur d'être nommés, ceux où l'on ne dîne plus, où l'on regarde défiler devant soi de petits plats grands comme la moitié de la main, des mets lilliputiens, microscopiques.

On ne s'explique pas la quantité de gens, à Paris, qui croient encore à la cuisine à prix fixe.

Nous ne parlons pas, bien entendu, des personnes qui vont là par économie, et encore celles-là veulent-elles absolument dîner à trois services, ni plus ni moins.

Établissez, dès demain, des dîners à dix sous par tête; soyez sûrs que les habitués voudront, bon gré mal gré, leurs trois plats au choix : vin, potage, dessert, etc....

Raisonnements, calculs, réflexions les plus simples et les plus élémentaires sur le prix de revient des denrées, rien n'y fait, rien ne saurait ébranler les convictions de certains consommateurs qui ont le bonheur d'avoir un prisme dans le tube digestif.

Un bon plat honnête et simple revient à trente sous servi sur la table, chacun le sait. On vous en sert trois pour le même prix, avec les accessoires. N'importe ! On s'extasie, on dévore tout avec jubilation.

Vous les connaissez, les fanatiques des dîners à quarante sous, ces infâmes carotteurs de l'existence moderne, qui ont quelquefois vingt-cinq mille francs de rente, et qui ne rougissent pas de s'appliquer tous les jours sur l'estomac cette cuisine affreuse, impossible.

Au surplus, nous les retrouverons plus loin.

Ce sont les mêmes individus qui vous soutiennent avec aplomb qu'on est tout aussi bien habillé rue du Bac ou à la Belle Jardinière, que chez Blin, Valentin ou Chevreuil, qui vous montrent, avec un mouvement d'orgueil et de joie, un pantalon d'amadou, un gilet en peau de lapin, un paletot en papier mâché, et vous disent en souriant : — Treize francs au lieu de trente !

APHORISME.

Si vous aimez les mets actuels, évitez surtout le fricandeau. — C'est un plat qui n'a jamais eu de jeunesse. Il est des fricandeaux qui remontent à l'an ix de la république française.

XI.

La révolution culinaire.

Il est évident que le restaurant n'est qu'une transition, un acheminement vers un nouvel ordre de choses, dont nous n'avons encore qu'un aperçu fort vague.

Quand la révolution est venué changer les lois de la cuisine, disperser dans

l'émigration ou ailleurs les vieux cuisiniers, les artistes supérieurs qui n'avaient
jusqu'alors travaillé que pour les grands
seigneurs exclusivement, on vit la gastronomie descendre insensiblement dans
le tiers état et jusque dans la petite
bourgeoisie.

Ce fut le premier échelon de cet ordre
de choses aristocratico-démocratique,
qui s'établit tous les jours sans qu'on
s'en doute.

Le restaurant fut donc fondé : c'était
un juste-milieu entre le pot-au-feu do-
mestique et l'ancien grand dîner avec
ses entrées magnifiques, ses relevés, ses
entremets à perte de vue.

Le restaurant est encore, à l'heure
qu'il est, dans l'éclectisme le plus complet.

Ce n'est pas de l'art proprement dit,
c'est en général dans les bonnes mai-

sons un ordinaire loyal, de la boucherie
de bon sens sur le gril ou aux fines
herbes, mais voilà tout.

PENSÉE.

Un dîner de restaurant, quel qu'il soit,
ne saurait jamais atteindre jusqu'au
lyrisme.

XII.

L'abus de la carte.

Regardez d'ailleurs la carte, ce vieil
enfantillage qui consiste à vous mettre
sous les yeux ces myriades de plats, ces
kyrielles de mets plus ou moins fantastiques, rangés par ordre alphabétique,

qui commencent invariablement au melon et finissent aux pruneaux.

C'est l'enfance de l'art, convenons-
en.

Comparez seulement cet immense
chouffliquage aux plus simples des me-
nus dressés par le grand; l'immortel
Carème. (Saluez, je vous prie!)

Quel abîme immense entre ces deux
mondes! huit plats seulement au premier service et huit au second, dans un
vrai dîner d'autrefois, sans compter les
potages, les hors-d'œuvre chauds et
autres accessoires!

Mais comme c'était entendu, touché,
perlé! ô Mehot! ô Beauvillier! Toi, surtout, Carème! Où êtes-vous aujourd'hui,
hommes immenses!

Enfin, quand on songe qu'un de nos
amis a voulu dernièrement descendre
dans les cuisines du café de Paris, ces

grandes cuisines où on pourrait accomplir de si belles choses, si on voulait!

« Comment exécutez-vous, dit-il à un des chefs, les filets de volaille à la maréchale ?...

— Monsieur, c'est tout bonnement une sauce liée.... comme pour la blanquette de veau.... »

La blanquette de veau assimilée aux filets de volaille à la maréchale ! O profanation, ô douleur ! ô rapprochement indigne et sacrilége, qui vous prouve bien dans quelle enfance ou plutôt dans quel bas-empire se trouve, à l'heure qu'il est, la cuisine moderne !

C'est pourtant Plivoine, un cuisinier de talent, du reste, qui nous a fait cette triste réponse. Nous n'avons pu lui dissimuler notre indignation.

« Comment voulez-vous que je ne me gâte pas la main et que je ne tombe pas dans la routine et le métier, nous a-t-il répondu avec un profond soupir, j'ai en moyenne trente filets aux champignons à faire tous les jours. »

PENSÉE.

La collaboration a tué la cuisine en France. Il faut à tout prix refaire des grands noms de cuisiniers.

APHORISME.

Vous êtes perdu si vous consultez une carte de restaurant au moment de diner. C'est comme un poëte qui recourrait pour faire des vers au dictionnaire des rimes.

XIII.

Les restaurants de fantaisie.

Cependant, vous voyez que l'on commence à sortir un peu de l'ornière du vieux restaurant ponsif, routinier, de celui où le garçon vous débite avec la volubilité de fondation la phrase sacramentelle : — En fait de poisson, nous avons sole, saumon, turbot, maquereau, homard, etc....

On a essayé de fonder depuis quelques années les restaurants dits *artistiques* ; un mélange de bonhomie et de ragoût de mouton, des gibelottes plantureuses et beaucoup de choucroutes sentimentales.

Vous avez d'abord la fameuse mère

Morel, justement renommée, qui est en train, dit-on, de faire dorer ses plafonds et couvrir ses murs de peintures et de fresques par des artistes qui ont l'œil chez elle.

Vous avez Cremer, une maison très-originale, où l'on mange souvent des plats d'un haut comique.

Vous avez le petit restaurant de la porte Saint-Denis, où l'on consomme beaucoup de paradoxes aux cornichons.

Vous avez enfin la perdrix amoureuse, Rouget, Buffon du quartier latin, mais nous entrons ici dans les établissements pittoresques, ou autrement dits les restaurants du désespoir, que nous n'avons pas à aborder ici, puisqu'il ne s'agit que du simple formulaire pratique du dîneur actuel.

Les restaurants artistiques représentent sans doute une espèce de tendance vers le nouveau, le progrès; mais cette tendance est plus apparente que réelle.

Ils sont encroûtés, pour la plupart, dans le vieux, le rétrospectif, ils *ronsardisent*, ils font de la cuisine de bibliophiles, des dindes aux navets, des hachis, de gros pâtés de veau, des mets de sculpteur, de ces choses qui gonflent l'estomac, suffoquent l'imagination, sous prétexte de nourrir énormément.

Un retour vers le vieux pot-au-feu de nos pères, ne peut que représenter des tendances rétrogrades, toutes contraires au mouvement du siècle.

Le pot-au-feu n'a de valeur en définitive que par son bouillon, mais songez bien qu'il vous impose en même temps son infâme bouilli, cette viande flasque et lugubre, qui est cause que tant de maris désertent leur intérieur et veulent plaider en séparation.

Si on savait ce que le bouilli a brouillé de ménages !

PENSÉE.

Brillat-Savarin a eu raison de stigmatiser cette viande dépourvue de substance.

Il n'y a peut-être plus que cela de vraiment supérieur dans tout son livre.

AUTRE PENSÉE.

Brillat-Savarin est le Royer-Collard de la table. Aujourd'hui, ce n'est plus qu'un vieux doctrinaire enfoncé.

XIV.

Les deux Hamel.

Un jour, Hamel aîné, le successeur immédiat du grand Véfour, disait à Hamel jeune, qui venait alors de fonder le café Hardy :

« Vous avez beau faire, vous autres restaurateurs du boulevard, malgré votre vogue apparente, malgré les lions, les boursiers et les littérateurs à gants jaunes qui vous fréquentent, vous n'atteindrez jamais jusqu'à notre renommée solide, classique, à nous autres les vieux types, les consacrés du Palais-Royal. Vous resterez éternellement à l'état de fantaisistes.

— Et pourquoi donc ça, répliquait

Véfour jeune, pourquoi n'arriverions-nous pas à soutenir la lutte avec avantage?

— Pour mille raisons particulières qui font que chez vous on dîne quelquefois, et que chez nous on dîne toujours d'une façon infaillible, incontestable.... — Un simple détail. Chez nous, un plat qui soulève la moindre objection de la part des consommateurs est enlevé instantanément, sans une observation, même la plus légère.

« Chez vous, on discute, on engage des polémiques au sujet des entrées ratées ou des soles équivoques. Un client récrimine-t-il? vous faites venir le régisseur parlant au public, l'homme officiel qui est chargé de prouver au dîneur qu'il est complétement dans son tort en se plaignant de tel plat qu'on vient de lui servir. — Le client se résigne et paye.

Mais quel Océan d'inconstance et de sourde vengeance contre l'établissement s'accumule dans le fond de son estomac !

« Si tu ne comprends pas l'immense intervalle qui existe entre le Palais-Royal, emportant les plats sans murmurer, et les boulevards, qui les discutent et les imposent ; — frère, tu es aveugle, voilà tout. La nature t'a fait naître comme l'Amour, avec un torchon sur les yeux. Bonjour. »

APHORISME.

Sur dix fois qu'un consommateur se plaint, soyez sûr qu'il a huit fois raison.

AUTRE APHORISME.

Un vrai restaurateur, ne vit absolument que de sacrifices de poissons, de volaille et de beefsteaks. Deux côtelettes douteuses peuvent être la ruine d'une maison.

PENSÉE.

L'omelette soufflée rappelle le ballet de Psyché et Vestris premier. C'est la pirouette de la cuisine.

XV.

Les tavernes.

Quant aux tavernes dites *Anglaises*, nous les considérons comme des affaires de mode, peu concluantes par elles-mêmes.

Elles ne peuvent guère exercer d'influence directe sur la fondation de ce restaurant de l'avenir, qui est en train de s'élucubrer.

La grande innovation des tavernes consiste surtout en ce qu'on y coupe la viande en feuilles de papier très-minces, et non plus en tranches épaisses et solides, suivant l'ancienne méthode française.

Cette manière de couper la viande n'a plus aujourd'hui que fort peu de partisans.

Vous nous citerez la grande vogue de Lucas de la Madeleine, où nous avons vu dîner tant d'artistes, de publicistes, de Polonais et d'hommes d'intelligence.

Lucas, pour nous, n'a jamais été un restaurateur : c'est un littérateur.

Il se rattache au grand mouvement littéraire de 1830, à une époque où on ne parlait absolument en France que de Shakspeare, où les garçons de restaurant s'appelaient *Hamlet* ou *Banco*, où il y avait du roastbeef au fond de toutes les pensées.

Pour bien comprendre *le Songe d'une Nuit d'hiver* ou *la Tempête*, il fallait absolument dîner le soir chez Lucas.

Tous les professeurs qui vous apprenaient à parler parfaitement la langue anglaise en quinze ou vingt leçons, ne manquaient jamais de vous dire : « Surtout, prenez des cachets chez Lucas, si vous voulez attraper la véritable prononciation. »

Un de nos confrères, littérateur alors très-connu, et qui aspirait à faire du drame sombre pour la Porte-Saint-Martiu ou l'Ambigu, a tellement dîné chez Lucas, qu'un beau jour le système musculaire a pris chez lui un développement considérable : il a quitté la littérature et est tombé dans les exercices corporels.

Il est aujourd'hui *clown* aux Champs-Élysées. Voilà où l'a conduit l'abus du *grog* et du *pudding*.

Il exécute des culbutes et des sauts de carpe d'après la méthode Robertson.

Jeunes poëtes, que ceci vous serve de leçon. N'abusez pas des tavernes.

XVI.

La British. — M. George.

Salut, noble *British* de la rue Richelieu, piquante idylle anglaise jetée au milieu des détails et des contrastes de notre civilisation parisienne !

Cette taverne anglaise, dite la *British*, prouve bien que la cuisine européenne ne vit, au fond que de concessions, d'échanges habiles et gradués entre les traditions gastronomiques des différents peuples.

C'est inouï ce que la *British* a été forcée d'introduire de modifications à la française dans son programme primitif!

Elle devait rester dans le principe intrépidement, exclusivement anglaise, une vraie barre de fer, féroce comme ce pauvre Katkomb, que l'on a fait mourir d'apoplexie un jour qu'on s'est avisé de lui demander un bœuf à la mode.

Aujourd'hui la *British* concède à ses habitués la cervelle frite, le salmis de perdreaux; il ne lui reste plus qu'à admettre la perdrix aux choux et le canard aux navets. — Que dira l'Angleterre?

Comment parler de la *British* sans consacrer quelques mots à ce brave M. George, le factotum, le régisseur de cet établissement, l'Anglais modèle, qui n'a jamais quitté le pantalon de nankin et le jabot, même au mois de janvier.

M. George est un type irréprochable de tenue et de régularité. Il peut servir d'exemple à plusieurs des chefs de nos établissements nationaux, tant il est civilement officieux, honorablement empressé près des clients.

Notez bien que c'est un homme prodigieusement ironique, que M. George! C'est Yorick, c'est Falstaff avec une serviette sous le bras et des escarpins.

Quand il lance à l'oreille de ses garçons quelques-unes de ses saillies étourdissantes d'*humour*, ceux-ci étouffent de rire, mangent leur serviette, le patron seul reste impassible et sérieux comme un sphinx du palais de Sydenham.

M. George plaisante tous les soirs à la même heure, à huit heures précises, au

moment où la retraite bat et où la clientèle commence à s'éclaircir.

A neuf heures moins un quart, il de-
vient sérieux : il tire de sa poche son
cher *Galignani's,* qu'il ne quitte pas des
yeux d'un instant, tout en saluant pro-
fondément les dîneurs retardataires qui
sortent des salons. Il entre dans la
haute politique ; il est membre du par-
lement.

Au fond, M. George est un homme
très-fort.

Nous l'avons entrevu un jour à la Râ-
pée, en train de choisir ses vins. Il était
plein de couleur locale, le chapeau sur
l'oreille, l'air d'un franc luron, chantant
tout en trinquant avec ses confrères :

> Vivé lé *wine,*
> Vivé cé *giu* divine....

Qui eût dit que c'était là l'homme que

l'on reverrait le soir dans son salon, cui-
rassé de tant de flegme et de diplo-
matie?

APHORISME.

Quand un roastbeef vous résiste, cédez
de bonne grâce. On ne lutte pas dans ce
monde contre un roastbeef dur, eût-on
la forte mâchoire de l'homme qui enlève
des poids aux Champs-Élysées.

XVII.

La cuisine à prix fixe.

Cependant, au milieu des nombreuses
lettres et réclamations préalables que
nous a attirées déjà la simple annonce
de *Paris-Restaurant*, nous trouvons
l'épître suivante :

« Monsieur,

« Je sais que dans votre livre vous avez l'intention de maltraiter les restaurants à quarante sous, de déclarer publiquement que c'est une calamité, une espèce d'infection.

« Je vous déclare, moi, monsieur, que je dîne souvent à quarante sous avec ma famille. J'ai cependant de la fortune, mais j'aime ce genre d'établissements ; ces trois petits plats qui se succèdent et que l'on peut varier à l'infini, me plaisent beaucoup. Enfin, vous ne me prouverez pas qu'un merlan qu'on me sert n'est pas un merlan, qu'un fricandeau n'est pas un fricandeau ? etc.... »

Nous nous bornerons à répondre à notre honorable correspondant qu'on ne discute pas avec les gens qui dînent à quarante sous.

Il nous faudrait descendre dans les

bas-fonds de la cuisine, étaler des mystères et des tripotages fort tristes, fort inutiles d'ailleurs pour les dîneurs de jugement et de raison qui savent d'avance à quoi s'en tenir sur les restaurants à prix fixe.

Ces mêmes détails ne changeraient sans doute pas les croyances des fanatiques de cette même cuisine.

Les gens qui ont le palais faux ressemblent à ceux qui ont l'oreille fausse. Il n'y a qu'à en désespérer!

Pour indiquer les dangers de la cuisine à quarante sous, non-seulement sous le rapport hygiénique en temps de choléra, mais aussi au point de vue de l'harmonie sociale et des bonnes relations de la vie, nous citerons une anecdote fort connue, du reste, qui a couru il y a quelques années et qu'il ne sera certes pas inutile de rappeler ici.

PENSÉE.

La cuisine a perdu cent pour cent depuis que les consommateurs n'ont plus l'habitude d'y descendre. Le cuisinier n'est au fond qu'un artiste qui ne vit que d'éloges et de réclames.

XVIII.

Halavant.

Il y a de cela dix à douze ans à peu près, vers le milieu du règne de Louis-Philippe.

M. L..., riche propriétaire dans les Vosges et célibataire, rencontre un jour M. C..., député d'Épinal, son compatriote et son ami, dans le jardin du Palais-Royal.

« Parbleu! dit M. L..., il y a longtemps que je désire vous offrir à dîner, vous m'avez plusieurs fois parfaitement hébergé à votre campagne.... Je vais vous conduire chez Halavant....

— Qu'est-ce que c'est qu'Halavant, dit M. C... d'un ton sérieux.

— C'est.... c'est une très bonne maison.... vous allez voir, montons....

Les deux amis montent dans un des établissements situés au premier étage du Palais-Royal.

— C'est singulier, dit M. C... en entrant, on sent ici comme un goût d'aigre, de vieille piquette.... On dirait qu'on a pilé des pommes moisies.

— Ce n'est rien, seulement le premier moment quand on entre.... Vous voyez que les salons sont beaux !... — Voici la carte, vous avez droit à trois plats au choix, potage, demi-bouteille, etc.... Au surplus, j'aperçois un garçon que je connais déjà. »

Le garçon s'approche des deux dineurs:

« Eh ! bonjour donc, monsieur L.... Vous devez vous souvenir de moi.... Je vous ai servi autrefois à l'hôtel du Petit-Lion-Saint-Paul.... Depuis ce temps-là j'ai roulé ma bosse dans beaucoup d'endroits.... et me voilà.

— Julien, n'est-ce pas ?

— Oui, monsieur, Julien Vibreau.... mais ici on m'appelle tout bonnement Rigolot.... C'est un surnom qu'on m'a donné à cause de mon nez et de mon caractère comique qui amuse beaucoup la pratique.... — Vous savez, il faut ça dans ces sortes d'établissements.... — Si ces messieurs désirent, je vais leur faire un menu à ma manière....

— Volontiers, dit M. L.... Parbleu! vous me paraissez un garçon entendu, Rigolot!...

— Nous disons d'abord deux tranches de navet.... c'est comme ça que nous appelons le melon ici....

« Ensuite, deux macédoines d'épluchures.... ça veut dire deux juliennes....

— Va pour le melon et les juliennes, dit M. L.... en souriant avec contrainte.

— Ensuite de ça je vous servirai deux jolies tranches de caoutchouc au beurre d'anchois.... Quant au poisson, je pourrais vous dire, comme à tout le monde, que c'est du turbot ou de l'esturgeon; mais comme je vous connais, M. L..., vous êtes un homme estimable.... je ne veux pas vous induire en erreur : c'est tout bonnement du chien de mer que nous servons pour tous les poissons qu'on nous demande.... Nous disons donc deux chiens de mer pour ces messieurs à la hollandaise.... (Le garçon rit comme un fou.) Pour légumes, ma foi! pour légumes, je crois que je vous servirai un cataplasme au gras.... ça veut dire des épinards.... Nous disons enfin deux pots de colle pour entremets, et pour dessert, du fromage de Brie qui marche tout seul, des biscuits à la poussière et une compote de pruneaux assaisonnée à l'encre de la petite vertu. Voilà!...

— Ce garçon est original, n'est-ce pas? dit M. L.... en avalant les trois plats que Rigolot lui a successivement apportés.

— Très-original, en effet, répond M. C.... d'une voix concentrée.

— Vous paraissez triste, mon ami?

— Je ne suis pas triste; je réfléchis!... »

XIX.

Conséquences d'un dîner à quarante sous.

Les deux dîneurs descendent dans la galerie.

« Eh bien ! dit M. L.... en frappant sur son ventre avec l'aplomb d'un homme qui se figure avoir dîné, vous connaissez Halavant ?

— Certainement, je le connais !...

— N'est-ce pas que c'est un restaurateur qui ne manque pas dans son genre de... d'un certain...?

— Écoutez, dit M. C.... en baissant la voix comme un homme très en colère, vous êtes un polisson !...

— Ah ça ! qu'est-ce qui vous prend donc ! dit M. L.... en reculant de quelques pas

— Vous êtes un polisson, vous dis-je

Vous m'avez fait dîner à quarante sous!...
avouez-le !...

— Mon Dieu! je ne dis pas.... J'ai
voulu.... J'ai cru....

— Me faire dîner à quarante sous,
moi qui passe pour une des premières
fourchettes de notre département!... Ah!
tenez! si je ne craignais pas d'abuser de
ma force physique!...—Je n'ai pas voulu
faire d'esclandre.... J'ai tenu à voir jusqu'où vous pousseriez l'impudence et
l'aplomb!... Quel dîner! juste ciel!... Et
ce garçon, ce Rigolot qui nous a ser-
vis!... c'était un pitre!...

— Ah! monsieur C.... vous allez trop
loin !...

— C'était un pitre! vous dis-je.... je
l'ai parfaitement reconnu.... Je l'ai vu
un jour sur la place du Châtelet, qui tra-
vaillait avec un escamoteur et recevait
des coups de pied dans le derrière....

Infamie!... Au surplus, ça ne se passera pas ainsi. Il ne sera pas dit que vous aurez cherché à m'empoisonner sans qu'il vous en cuise.... Demain vous aurez de mes nouvelles.... »

Le lendemain, en effet, deux personnes de la connaissance de M. C.... se trouvaient, en qualité de témoins, chez M. L..., déclarant à ce dernier que leur ami considérait comme une insulte des plus graves le dîner qu'on lui avait fait faire, la veille, chez Halavant.

M. L...., qui n'a jamais été d'humeur très-belliqueuse, voyant la tournure grave que prenaient les choses, s'empressa de déclarer qu'il n'avait eu en aucune façon l'intention d'insulter M. C...., et qu'il était prêt à faire des excuses....

« Des excuses ne sauraient suffire, reprend l'un des témoins; M. C.... exige que vous vous battiez.... ou bien....

« — Ou bien? dit en tremblant l'infortuné L....

« — Ou bien que, pour expier vos torts, vous nous invitiez à dîner tous les quatre chez Chevet, à trente francs par tête, les vins payés à part. »

M. L.... comprit aussitôt que le mieux était encore d'en passer par Chevet.

Il a pris depuis ce temps-là Halavant en grippe, et s'est résigné à dîner pendant un an à trente-deux sous, pour réparer sa mésaventure.

XX.

Expiation.

Du reste, le ciel est juste.

Ces restaurants au rabais, qui échappent à toute espèce de pénalité, reçoi-

vent quelquefois des leçons cruelles qui
devraient rappeler à la pudeur leurs
fricassées et leurs salmis.

Il y a quelques années, un restaurant
à tant par tête se trouvait dans un passage des plus fréquentés, séparé seulement par un mur mitoyen de l'un de ces
établissements connus en France sous le
nom de *water-closets* et que les Anglais
ont tout bonnement surnommés *fosses
inodores.*

« C'est singulier, père Larose, disait
un monsieur en sortant de ce dernier
établissement, je trouve que vous avez
ce soir chez vous une mauvaise odeur.

« — Ne m'en parlez pas, monsieur, c'est
depuis que ce scélérat de restaurateur à
trente-deux sous est venu s'établir à côté
de chez nous... Il nous envoie des exha-
laisons !... c'est à n'y pas tenir !... surtout les jours où il offre du lièvre à sa

clientèle.... Nous sommes obligés de fermer nos fenêtres pour empêcher que le fumet ne nous arrive....S'il s'élève jamais jusqu'au chevreuil, je demande à résilier mon bail. »

XXI.

Le restaurateur en chef.

Oui, sans doute, il faut toujours que le restaurateur en chef soit toujours là, dans ses salons, la serviette sous le bras, interrogeant chaque dîneur du coup d'œil, d'un sourire imperceptible, arrivant comme l'éclair à la moindre réclamation, veillant sur sa clientèle, comme fait un pasteur sur ses ouailles.

Un restaurant sans restaurateur en chef, c'est un vaisseau sans gouvernail, une armée sans général.

Les garçons folichonnent, font de l'esprit entre eux, se livrent à toutes sortes d'excentricités et d'incartades, au grand détriment du pauvre consommateur, qui ne sait à qui s'adresser en cas de plainte.

La nouvelle école de jeunes restaurateurs dédaigne la serviette et la promenade officielle autour des tables des dîneurs. Elle préfère la promenade au bois de Boulogne dans des phaétons, les lansquenets parsemés de lorettes.

Elle a grand tort ; elle prouve qu'à Paris le restaurant établi, accepté, peut à la rigueur se passer de chef et de patron, fonctionner tout seul comme une manivelle, ce qui est dangereux et ouvre nécessairement la porte très-large aux concurrences.

La décadence résulte presque toujours de l'excès de vogue. C'est du monopole

des diligences que sont nés les chemins
de fer, ne l'oublions pas.

Si j'étais un restaurateur en renom, je
m'arrangerais pour faire mieux encore
qu'on n'a jamais fait avant moi. J'exécu-
terais des purées de volaille à faire venir
des larmes aux yeux des consommateurs
attendris.

Je voudrais que mon poisson dépassât
en fraîcheur et en actualité les turbots
et les homards de mes ancêtres. Je pous-
serais le fanatisme de la marée jusqu'au
suicide. Je me mettrais au court bouillon, s'il le fallait.....

Mais ceci n'est qu'un rêve, n'insistons
pas.

APHORISME.

Au restaurant abstenez-vous absolument de certains plats; les coquilles

entre autres qui ne sont pas autre chose
que des morceaux de veau hachés puéri-
lement.

PENSÉE.

La capilotade de volaille, c'est le bal
masqué des carcasses.

XXII.

Les artistes de la serviette.

On les compte, en France, les hommes
qui ont su manier la serviette avec supé-
riorité et en véritables artistes.

On citait, avec raison, Hamel aîné,
comme un modèle irréprochable sous le
rapport de la tenue, de l'élégance, avec
un certain mélange de désinvolture tout
à fait dans le vrai goût français.

Il est vrai que son profil s'y prêtait beaucoup.

Hamel aîné a été le dieu de la serviette, comme Adolphe Franconi est le dieu de la chambrière.

Son frère voulait l'imiter, mais il n'arrivait pas; il était souvent terne, empâté; il n'avait pas, comme son aîné, ce je ne sais quoi d'ultra-culinaire et de majestueux, qui faisait qu'on respirait malgré soi une odeur de truffe en le regardant.

Collot porte bien la serviette, en homme qui en a la grande habitude et qui est sûr de son public. On lui reproche toutefois de manquer un peu de sourire et d'onction. Il satisfait toujours, il n'enlève jamais son monde.

Bignon aîné ne manquait pas de mérite, seulement beaucoup trop obséquieux, courtisanesque, manquant de cette autorité qui fait que le vrai restaurateur gouverne autocratiquement ses clients, tout en ayant l'air d'être à leurs genoux.

Favre va bien; mais il est jeune encore, il faut qu'il travaille et qu'il se défie de son trop de facilité et d'épanouissement.

Et toi, brave Élie, qui es, dit-on, perdu aujourd'hui dans le quartier des Bourdonnais, toi que nous avons vu ballotté, comme la feuille vagabonde, de la rue Richelieu au boulevard, du boulevard au carrefour Gaillon, toi aussi tu étais un artiste dans ton genre, tu faisais de la cuisine réaliste, c'est vrai, mais quelle conscience, que d'amour dans tes ragoûts aux petites carottes!

Voyez, du reste, tous les vrais fondateurs de maison, s'ils dédaignent la serviette sous le bras, cette imposante serviette, qui est à la fois leur force, leur prestige, leur drapeau, ils le savent bien !

Voyez ce bon Aubry, le directeur du restaurant Vachette. A telle heure de la journée que vous le surpreniez, toujours au port d'armes, le sourire sur les lèvres et sa serviette sous l'aisselle gauche.

Cet Aubry descend, comme on sait, en ligne directe du fameux père Aubry qui figure dans l'*Atala* de Chateaubriand.

Il n'y a, du reste, qu'à le considérer pour s'en convaincre. Il a évidemment un nez qui aspire vers les cuisines.

APHORISME.

Le plat le plus simple est, si l'on veut, tout un monde de coulis et de réduction. — Que de choses dans un vrai bœuf à la mode !

XXIII.

Le beefsteak Chateaubriand.

Nous venons de nommer Château-
briand. On nous demande ce que nous
pensons du beefsteak qui porte son nom.

Disons-le d'abord une fois pour toutes : on innove fort peu en cuisine.

La cuisine est comme la sculpture,
elle a dit son dernier mot il y a déjà un
grand nombre d'années.

Il vaudrait bien mieux reprendre une
foule de vieux plats abandonnés et tom-
bés en désuétude, on ne sait trop pourquoi, plutôt que de se mettre à inventer
hors de toutes les règles de l'art.

Un homme tout à fait d'aujourd'hui,
un contemporain, ne saurait jamais

baptiser un plat sérieux, qui soit accepté par les dineurs de race et de tradition.

Un potage à la Clairville, des écrevisses à la Couture, des rognons à la Dennery n'obtiendraient pas, je pense, un grand succès.

Cependant le chantre des *Martyrs*, se fiant sur son immense popularité, posa sa plume un beau jour, et essaya de créer, avec son génie hors ligne, une chose très-simple en apparence, mais au fond pleine de difficulté.... un beefsteak, un beefsteak vraiment neuf, romantique et qui sortit un peu de la ligne tracée.

Il s'enferma donc avec Mme Récamier dans les cuisines de l'Abbaye-aux-Bois, comme il est dit dans le tome cinquième des *Mémoires d'outre-tombe.*

Tous deux firent venir une grande

quantité de magnifiques quartiers de bœuf, et après avoir découpé, taillé, rissolé, grillé, ils arrivèrent enfin à ce beefsteak gonflé, gigantesque, auquel ils donnèrent, d'un commun accord, le nom de *Chateaubriand*.

M. Sainte-Beuve, qui entra à ce moment-là, le dégusta le premier.

J'en demande pardon à l'illustre auteur de *René* et à son amie, mais je crois que leur innovation n'a pas été heureuse. Ils auraient mieux fait de laisser les choses comme elles étaient, de ne toucher en rien au vieux et classique beefsteak du temps de Racine.

En effet, s'ils nous permettent de leur soumettre une humble observation faite seulement au point de vue pratique : le beefsteak de l'Abbaye-aux-Bois n'est jamais cuit au milieu, à cause de l'épaisseur de la viande.

C'est une grillade, songeons-y bien, c'est-à-dire de la cuisson enlevée, improvisée.

Le chantre d'Atala sait mieux que nous qu'on aplatit la viande en pareil cas; si on la gonfle, il en résulte que les bords sont calcinés et le milieu saignant. C'est ce qui arrive dans le nouveau beef-steak.

On a mis sur le gril ce qui devait aller à la broche.

Du reste, nous savons de source certaine que M. de Chateaubriand avait l'intention de retravailler ce beefsteak dont il n'était pas absolument satisfait.

Il avait trop de lumières pour ne pas sentir que nous allions ainsi tout droit au réalisme outré, c'est-à-dire à la viande crue des Anglais inventée par le père de Shakspeare.

APHORISME.

La femme du restaurateur doit avoir son genre de beauté à elle, très-solide et exclusivement culinaire ; des joues comme des tomates, un teint d'écrevisse, une forte tête qui rappelle vaguement le cantalou.

PENSÉE.

Si la Vénus de Milo est assise au comptoir, soyez sûr que les truffes sont pâles.

XXIV.

La tabatière de la maison d'or.

« Savez-vous pourquoi vous n'avez plus de véritables restaurateurs aujourd'hui, disait l'été dernier le père Verdier, en causant avec ses fils sur les marches de la Maison d'Or, c'est que vous n'avez plus de tabatières.

« Quand j'étais établi à la halle, que j'avais encore des illusions juvéniles et que je croyais aux pieds de mouton, j'avais toujours soin d'avoir, quand je me promenais dans mes salles, une tabatière énorme que je présentais affectueusement à mes clients qui y puisaient sans le moindre scrupule.

« C'est inouï ce que la tabatière établissait d'affection et de rapprochement entre le restaurateur et le consommateur !

« Si vous saviez ce que nous faisions alors avec une prise de tabac adroitement offerte !

« Moi qui vous parle, j'ai offert du tabac à Cambacérès, à M. de Sémonville,

au prince Galitzin, à M. de Souza, à
M. Rougemont, à M. Viennet, à M. de
Narbonne et à une foule d'autres grands
hommes dont les noms m'échappent.

« Tous ces gens-là venaient de temps
en temps manger des huîtres à la halle.
On déjeunait encore dans ce temps-là.
Quel temps vrai !

« Les gens d'esprit, les écrivains à la
mode parlaient de moi dans leurs ou-
vrages, on vantait ma cave, on célébrait
mon vin de Chablis. C'est ainsi que ma
réputation s'est faite.

« Le cigare tuera la cuisine, c'est
moi que je vous le dis. »

Du reste, il faut déclarer que le père
Verdier n'a pas fait comme tant de gens
qui ont rougi de leurs commencements
en s'élevant dans l'existence.

Il a conservé son antique tabatière re-
ligieusement dans le fond d'une armoire,

comme un grognard de l'empire qui garde toute sa vie sa croix et son bonnet de police.

Quand vous dinerez à la Maison d'Or, vous pouvez demander à voir ce monument qu'on appelle la tabatière du père Verdier. Il ne vous en coûtera pas le moindre supplément sur la carte.

APHORISME.

Le mot *addition* pour dire la carte à payer est assez canaille, sans doute, mais que voulez-vous? le mot est consacré, il faut nous soumettre!

PENSÉE.

Remarquez-vous que sur mille erreurs qui se commettent dans les additions des restaurants, il y en a neuf cent

quatre-vingt-dix au profit de l'établissement et dix tout au plus au profit des
consommateurs? — D'où vient cette dis-
proportion?

XXV.

Les garçons.

Le garçon de restaurant est comme la
carte des plats, ce vieil in-quarto go-
thique, il a besoin d'être régénéré dans
plusieurs parties.

L'auteur de *la Chartreuse de Parme*
voulait qu'on maintînt le tablier blanc,
la serviette blanche, mais qu'on variât la
nuance des vestes, de manière qu'on
n'eût pas toujours sous les yeux le garçon bleu et rien que le garçon bleu,

ce qui doit engendrer à la longue la monotonie et la confusion dans le service.

— Pourquoi pas, disait Stendhal, le garçon jaune, rouge, blanc, amarante, pistache, de façon qu'on pût le désigner par sa couleur et interpeller directement celui qui vous sert?

Une chose honteuse, disons-le, un abus véritable, c'est le tronc pour les garçons, ce monument en ferblanc où vont s'entasser toutes les libéralités de la clientèle.

Quand vous donnez pourboire au garçon, vous savez que vous donnez pourboire au restaurateur lui-même qui s'attribue une très-forte prime sur les sommes que les employés recueillent sur les tables, souvent même hypothèquent entièrement leurs gages sur ces mêmes sommes.

C'est un abus immense, encore une fois !

S'il me plaît, dans un moment d'effusion, de couvrir de gros sous un garçon qui déploie dans son service une verve et un zèle extraordinaire, de quel droit le patron intervient-il ? Quelle est cette tradition funeste qui consiste à étouffer l'émulation, à paralyser l'élan des individus ?

Un vrai garçon de restaurant doit être pourvu d'un bon *medium*, inclinant plutôt vers le baryton que vers le ténor, modérant la note et évitant les éclats de voix pour demander les plats.

Les fortes basses-tailles ne sont possibles qu'en plein air.

Elles sont du reste passées de mode depuis que le fameux Lablache de la Rotonde s'est brisé un vaisseau dans la poitrine en laissant échapper un jour son *bon !* d'une telle force qu'on a cru entendre l'explosion du canon du jardin.

Tous les chiens ont aboyé à la fois, une foule de carreaux se sont brisés.

Aujourd'hui, le garçon actuel de la Rotonde a tout bonnement un petit pistolet de poche qu'il fait retentir toutes les fois qu'on lui demande une demi-tasse, ce qui a parfaitement remplacé le *mi* bémol de son prédécesseur.

APHORISME.

Le gratin, ce grand cheval de bataille du restaurant, c'est du beurre qui a vieilli sur le fourneau.

AUTRE APHORISME.

Si vous voulez consommer aujourd'hui un véritable perdreau rôti, demandez à

descendre à la cuisine et à le mettre
vous-même à la broche.

XXVI.

Les cabinets particuliers.

Nous ne dirons rien des cabinets particuliers, attendu que notre sujet nous
impose de rester strictement sur le terrain de la cuisine.

Le cabinet particulier incline plutôt
vers la galanterie que vers la gastronomie.

On y consomme une foule de choses à
la fois affreuses et folles, stupides et
charmantes, comme l'amour; beaucoup
de choses au vinaigre, des beignets de
pêche, des concombres à l'huile, des
compotes d'ananas.

Le cabinet particulier pèche, comme du reste la plupart des choses humaines, sous beaucoup de rapports. On y écoule volontiers les *ours* de l'établissement, mais qu'importe ?

Là, vous n'êtes plus à Paris, dans le centre de la civilisation et de la cuisine. Vous êtes dans un entresol d'Idalie ou de Cythère. Vous ne dînez pas sérieusement, vous soupirez, vous effeuillez des madrigaux, vous canotez dans le sentiment.

PENSÉE.

Le divan est le plat de résistance du cabinet particulier.

XXVII.

Suite des cabinets.

Qu'importe ensuite que les truffes aient déjà perdu leur parfum, que les vins n'aient pas toute l'authenticité désirable, pourvu qu'il y ait un cœur brûlant à côté d'un autre cœur et une bouteille de Moët dans la glace, on ne s'arrête guère aux détails.

Dieu! que la vie est belle en ce moment, belle comme Venise!...

On voit les entre-côtes elles-mêmes à travers le prisme de la tendresse.

Oh! le cabinet particulier! Oh! nos vingt ans, les premières lorettes, nos illusions perdues, effeuillées, et qui main-

tenant comme les couronnes des bois
jaunissantes au reflet de l'automne....

Mais il ne s'agit pas de nous amuser
à la moutarde de Dijon de la poésie;
nous avons à achever notre tâche, à
atteindre notre but qui est, comme nous
le savons, la recherche du vrai dîner
moderne, ce qui n'est certes pas facile!

APHORISME.

La charlotte-plombière n'est pas de
la cuisine, c'est de la sculpture à l'em-
porte-pièces achetée chez le glacier du
coin.

PENSÉE.

L'infâme qui a inventé de conserver
le poisson dans la glace mériterait d'être
dévoré par les ours de la mer Glaciale.

XXVIII.

Le dîner de Paris. — Le dîner européen.

Dans cette rapide étude sur les principaux restaurants de Paris, nous ne saurions oublier les deux établissements à trois francs par tête fondés récemment, l'un au boulevard Montmartre, et l'autre au Palais-Royal, sous le titre de *Dîner de Paris* et de *Dîner européen*.

Ces deux nouveautés ont réussi; la question est de savoir seulement si leur vogue est constituée sur des bases bien solides.

Le dîner de Paris et *le dîner européen* ont eu, du moins, le bon esprit de s'imposer un programme fixe et de s'affranchir enfin de la vieille méthode qui consiste à offrir tous les jours, à heure fixe, cinq ou six cents plats, quand on sait combien il est difficile d'en créer seulement de sept à huit de vraiment orthodoxes et irréprochables!

On nous demande ensuite ce que nous pensons du détail des plats qu'on vous sert?

Vous sentez bien que ce n'est pas sur le terrain du dîner complet à trois francs par tête que nous nous amuserons à faire de l'esthétique et de la discussion.

Ces restaurants font ce qu'ils peuvent dans leur donnée, c'est tout ce que nous pouvons en dire.

Pour les vrais dîneurs, ce ne sera jamais qu'un paradoxe, un accident. Pour trois francs, vous pouvez avoir un plat, deux tout au plus, vous ne pouvez pas en avoir six.

Je n'approuve pas beaucoup, je le dé-

clare, cette circulation fatigante de garçons qui se promènent sans cesse avec
leurs plateaux, et qui vous servent eux-
mêmes, vous font manger littéralement
comme des moineaux à la becquée.

« Veuillez ouvrir la bouche, monsieur,
vous dit le garçon, et il vous lance cinq
ou six olives que vous êtes forcé d'avaler
en un clin d'œil pour absorber bien vite
le deuxième hors-d'œuvre auquel vous
avez droit.

— Veuillez ouvrir de nouveau la bouche, vous redit le garçon en passant,
et il vous relance avec sa cuillère un sor-
bet au rhum, ou des épinards, ou du
ragoût de veau, suivant la nature du
plateau qui passe à côté de vous. »

Il en résulte souvent un peu d'amal-
game et de tohu-bohu dans les choses
que l'on mange.

La consommation est évidemment privée de méthode. On sort presque toujours de table avec l'estomac à l'état de macé-doine.

Quoi qu'il en soit, rendons hommage à ces établissements de fraîche date qui ont ouvert à l'art une voie nouvelle, où ils sont destinés évidemment à être dépassés.

Ainsi vont les choses, comme on sait, à toutes les époques du progrès.

Une invention chasse l'autre. Après le pavage, le bitume; après le navire à voile, le bâtiment à hélice.

XXIX.

Le restaurant chantant.

On a essayé, il y a quelque temps, du *restaurant chantant*, une innovation très-hardie?

Au moment où vous preniez votre serviette, vous entendiez une musique trèsharmonieuse, très-douce, dans le genre des fantaisies de Sterhen Heller et des mélodies d'Auguste Morel; c'était pour annoncer le potage.

Pour le roastbeef, les plats de résistance, c'était une harmonie forte, cuivrée, du Berlioz tout pur.

Pour les entremets, une musique rêveuse, sentimentale, le genre Félicien David.

Le dessert vous arrivait au milieu d'une nuée de valses, de quadrilles et de polkas.

Les fourchettes que l'on apportait, les assiettes que l'on remuait, les casseroles que l'on agitait dans le lointain, tout cela formait des symphonies fantastiques, des oratorios encore plus risqués que tout ce qu'on exécute à la salle Sainte-Cécile.

Les garçons avaient tous des voix magnifiques et demandaient les beef-steaks et les soles Colbert sur les airs de *Guillaume Tell* et de *la Juive*. Les marmitons jouaient de la harpe d'une main et épluchaient des carottes de l'autre.

Ce restaurant a eu peu de durée : les théâtres lyriques y ont vu une concurrence directe et l'ont fait interdire.

La batterie de cuisine et toutes les casseroles ont été achetées fort cher par Sax, qui a vu là une mine toute prête d'ophicléides et de trombones.

Le cuisinier en chef est engagé à l'Opéra. Il doit débuter comme Poultier, avec le bonnet de coton de sa première destinée.

XXX.

La cuisine novatrice.

De tout ce que nous venons de dire, de tout ce que nous avons observé et soumis au critérium de notre analyse, il ressort un fait incontestable, c'est que le vieux restaurant s'en va.

Le public n'en veut plus, il a fait son temps comme toutes les choses qui ne sont plus au niveau du progrès.

L'ancienne carte, stéréotypée aux myriades de plats fantastiques, s'en va.

Aussi le petit local égoïste, exclusif, où se réunissent quelques consommateurs fortuits, accidentels, qui viennent aujourd'hui, qui ne viendront peut-être pas demain, et s'inquiètent assez peu de ce que deviendront les poissons, les viandes et les volailles qu'ils auraient pu consommer.

De là tant de choses étiolées, équivoques, que le public est obligé d'absorber tôt ou tard, et bon gré mal gré.

XXXI.

La société générale de gastronomie.

Il est certain pourtant que jamais le public parisien n'a dîné plus volontiers hors de chez lui qu'à présent. Le repas de ménage est abandonné de jour en jour. On tend à sortir du petit cercle intime et mesquin.

Tous les dimanches et jours de fête, sous le moindre prétexte, on licencie sa cuisinière, on lui donne congé jusqu'au soir.

On est arrivé enfin à faire ce raison-
nement bien simple, qu'on doit dîner
évidemment mieux, et à meilleur marché, à plusieurs qu'à deux ou trois.

Il s'agissait donc de centraliser défi-
nitivement la gastronomie, de faire, enfin, pour la table ce qu'on a fait pour la
circulation, l'habillement, les meubles,
toutes les choses usuelles de la vie que
l'on exécute par le mode collectif et non
plus fractionnel.

Cette grande centralisation de la table
vient d'être entreprise par une société
formée récemment, et qui s'intitule fiè-
rement : *Société générale de gastronomie.*

C'est elle qui prétend retirer la cuisine
de l'ornière où elle végète depuis si longtemps, arracher enfin la casserole contemporaine aux mains du hasard pour
la confier à celles du progrès.

XXXII.

Le dîner de l'exposition.

Savez-vous ce qu'elle fait pour son début, cette société qui comprend qu'en fait de cuisine comme en toutes choses, les faits parlent plus haut que les promesses?

Elle établit, dans un des plus beaux quartiers de Paris, à deux pas du boulevard des Italiens, ce paradis du monde, entre Rotschild et l'Opéra, un dîner qui promet d'être éclatant d'actualité, tout nouveau, tout moderne, destiné évidemment à révolutionner la consommation contemporaine jusqu'au cœur.

Vous connaissiez ce vieux passage d'Artois, si triste, si noir, sur lequel nous gémissions tous quand nous le traversions, où paissaient les chèvres, où les poules circulaient, où les blanchisseuses étendaient leur linge.

Aujourd'hui le vieux passage est sur le point de devenir un Alhambra, un conte de fées.

Voyez-vous à l'avance ce palais d'hiver gastronomique qui s'élance vers le ciel pour abriter ces cohortes de dîneurs transportées au milieu d'un jardin d'hiver : des camélias, des cactus, des géraniums, des fluxias aux grappes de pourpre, qui règnent tout à l'entour des tables, sans compter les peintures, les statues fraîches comme la nuit, les jets d'eau, qui ne se tairont ni à déjeuner, ni à souper, épanouis et murmurants aux mille feux du gaz.

On a beau dire, on dîne aussi beaucoup avec les yeux. — De l'air, mon

Dieu ! de l'air ! s'écrie-t-on en entrant dans tous les établissements actuels.

Là, du moins, on sera bien sûr de respirer tout en mangeant. L'aurions-nous donc enfin, le vrai réfectoire de l'ancien vieil hôtel que nous regrettons sans cesse, ressuscité, mis à la portée de tout le monde?

XXXIII.

Cinq francs par tête.

Nous vous entendons pourtant : à la suite de cette description merveilleuse qui n'a rien d'exagéré, si la lettre du programme est suivie rigoureusement, une question, un fantôme toujours menaçant et terrible se présente à nous : *le quart d'heure de Rabelais.*

Le prix en un mot de ce nouveau dîner qui vient s'installer ainsi audacieusement, en grand seigneur au milieu de nos habitudes et de nos routines bourgeoises.

« Cinq francs par tête, » mon Dieu, disons-le tout de suite pour que nous n'ayons plus à y revenir.

J'entends quelques-uns de nos lecteurs qui s'étonnent et murmurent. « Cinq francs ! » Et leur front se crispe.

Écoutez : vous savez si dans le cours de ce volume nous avons songé à pallier la vérité. Or, il est certain que s'ils tiennent tout ce qu'ils promettent, s'ils s'engagent à nous faire dîner comme on dînait jadis chez Cambacérès et Talleyrand, il ne faut pas les chicaner sur le prix.

Cinq francs ! Est-ce que nous ne les dépensons pas tous les jours dans de tristes établissements où nous jette notre mauvaise étoile ?

Calculez, supputez, voyez, ô vous qui savez dîner (je ne m'adresse pas à ceux qui ne dînent pas), croyez-vous qu'au-dessous de ce prix-là il soit possible de réaliser quelque chose d'acceptable et de possible ?

Il est certain que dans un restaurant véritable, il faut beaucoup d'attention et de soin pour ne pas dépasser ce chiffre-là. A présent que nous allons être trois à quatre cents assis autour de la même table, voyons s'il n'est pas possible enfin de sortir de nos ordinaires mesquins et craintifs ?

Songeons-y bien d'ailleurs : on ne déjeune plus à Paris, on soupe à peine de loin en loin ; le dîner seul est resté, c'est toute l'existence moderne. Sauvons le dîner, s'il est possible !

XXXIV.

Les convois de beefsteaks.

Le dîner de l'exposition a fait, dit-on, construire un chemin de fer spécial qui apportera les plats de la cuisine à la table des consommateurs.

Salut d'avance à ces convois d'entrées, de poissons, de perdreaux qui vous arriveront tous fumants à pleine vapeur.

L'ancien comte d'Artois, le roi Charles X, d'aimable et galante mémoire, avait sur ces lieux mêmes sa petite maison dont on a conservé le salon avec ses trumeaux si légers, ses feuillages d'or si coquets et si merveilleux.

Là se passera l'après-dîner d'une façon tout orientale; là se réuniront les

fumeurs intelligents, ces divins pares-
seux qui vous consoleront par un peu de
causerie désintéressée des ennuis de la
Bourse et de la politique.

Heureux ceux qui sauront former dans
ce réduit mystérieux comme les salons
des cafés de Venise une dernière oasis
de nonchalance et de loisir.

Puissent-ils nous rendre un peu de
cette vie de salon dont les estaminets
fumeux, dont les clubs insipides et fu-
nèbres nous enlèvent chaque jour quelques lambeaux !

XXXV.

Epilogue.

Au surplus, nous verrons bien !
Le dîner de l'exposition ne fonctionne

pas encore à l'heure qu'il est ; ce ne sont donc encore que des promesses et des espérances que nous consignons ici.

Ce dîner peut s'attendre à être jugé, critiqué sérieusement ; mais nous ne doutons pas qu'il ne se tienne sur ses gardes.

Il sait d'avance qu'il y a de ces choses que la féerie du local ne saurait remplacer dans aucun cas : c'est un menu irréprochable, une cave d'élite, un café et des liqueurs de premier choix.

Voilà de ces détails sur lesquels nous ne broncherons jamais.

Si malheureusement ce dîner nouveau trompait notre religion, si l'exécution ne répondait pas aux préludes, qu'il le sache bien, il nous trouverait aussi rigoureux, aussi implacables dans l'avenir que nous lui sommes à présent favorables et propices !

Les *Petits - Paris* auront au moins quinze éditions, et nous ne sommes encore qu'à la première !...

Mais nous aimons mieux finir par des paroles de bon augure :

Nous ne doutons pas que *le dîner de l'exposition* ne justifie dignement la mission de haut progrès gastronomique dont il s'est chargé.

Il saura conquérir par lui-même une place telle qu'il pourra féconder l'avenir et doter sans doute les divers quartiers de Paris de succursales nombreuses taillées sur son modèle.

TABLE.

I.   Simples prolégomènes   3
II.   Le tohu-bohu culinaire   4
III.   Profession de foi   5
IV.   Le catéchisme du dîneur   6
V.   Les restaurants à vol d'oiseau.   7
VI.   L'heure du berger de l'estomac.   9
VII.   Les grands restaurants 11
VIII.   Les erreurs de bonnes maisons..   13
IX.   Renouvellement des Provençaux..   14
X.   Les restaurants de seconde classe. 17
XI.   La révolution culinaire 21
XII.   L'abus de la carte 23
XIII.   Les restaurants de fantaisie.... 27
XIV.   Les deux Hamel 31
XV.   Les tavernes 34
XVI.   La British. — M. George 37
XVII.   La cuisine à prix fixe 41
XVIII. Halavant 44
XIX.   Conséquences d'un dîner à quarante
        sous 49
XX.   Expiation 52
XXI.   Le restaurateur en chef 54

XXII.　　Les artistes de la serviette......... 57
XXIII.　Le beefsteak Chateaubriand....... 61
XXIV.　La tabatière de la Maison-d'or. 65
XXV.　　Les garçons.................... 69
XXVI.　Les cabinets particuliers.......... 73
XXVII.　Suite des cabinets............... 75
XXVIII. Le dîner de Paris. — Le dîner euro-
　　　　　　péen............................ 77
XXIX.　Le restaurant chantant........... 80
XXX.　　La cuisine novatrice. 83
XXXI.　La société générale de gastronomie. 84
XXXII.　Le dîner de l'exposition........... 86
XXXIII. Cinq francs par tête.............. 88
XXXIV. Les convois de beefsteaks......... 91
XXXV.　Épilogue...................... 92

Imprimerie de Ch. Lahure (ancienne maison Crapelet)
rue de Vaugirard, 9, près de l'Odéon.

LES HOMMES

DE LA

GUERRE D'ORIENT

PAR

EDMOND TEXIER

En vente :

1. L'empereur Nicolas.
2. L'amiral Napier.
3. Schamyl.
4. Omer-Pacha.
5. Menchikof.
6. Abdul-Medjid.
7. Le maréchal de St-Arnaud.
8. Le maréchal Paskewitsch.
9. L'amiral Hamelin.
10. Le roi Othon.

11. Le prince du Monténégro.
12. L'empereur d'Autriche.
13. Lord Raglan.
14. Parseval-Deschênes.
15. Reschid-Pacha.
16. Le roi de Prusse.
17. La reine d'Angleterre.
18. Gorschakoff.
19. L'amiral Dundas.

Chaque Biographie se vend 50 centimes.

Sous presse :

De Nesselrode.
Drouyn de Lhuys.
Le grand-duc Constantin.
Le comte Orloff.
Lord Clarendon.

Lord Aberdeen.
Lord Palmerston.
Le duc de Cambridge.
Le général Prim.
Etc., etc., etc.

GÉOGRAPHIE
DU THÉATRE DE LA GUERRE

ACCOMPAGNÉE

DE TROIS CARTES COMPLÈTES COLORIÉES

DE LA BALTIQUE, DU DANUBE, DE LA MER NOIRE

ET ORNÉE

des plans des principales villes du théâtre de la guerre,

suivie d'un tableau

des étapes de Constantinople et d'Andrinople à Schoumla
et aux grandes villes du Danube,

PAR

V. A. MALTE-BRUN,

professeur d'histoire et de géographie au collége Stanislas

1 volume in-12 de près de 100 pages. — Prix, 1 fr. 50.

L'ÉCHO

DE LA GUERRE

BALTIQUE. — DANUBE. — MER NOIRE

Par LÉOUZON LE DUC.

1 volume in-4°, illustré de 36 gravures, dessinées par Lalaisse, Be-
laif, etc., et gravées par Best; d'un grand nombre de plans du
théâtre de la guerre et accompagné des **Cartes complètes de la
Baltique, du Danube et de la mer Noire.**

PRIX : 1 FR. 50 C.

CARTE GÉNÉRALE ET COMPLÈTE COLORIÉE
DU THÉATRE DE LA GUERRE,

Contenant une carte de la Baltique, du Danube, de la mer Noire, les plans de Silistrie, Schoumla, Saint-Pétersbourg, Constantinople, Sébastopol, Odessa, Cronstadt et Helsingfors; et accompagnée de **huit jolis portraits coloriés**, représentant : l'Empereur des Français, la reine d'Angleterre, l'empereur de Russie, le Sultan, l'empereur d'Autriche, le roi de Prusse, le roi de Grèce et Schamyl.

Une feuille de 78 centimètres de hauteur sur 58 de largeur.

Prix, 1 fr. 50 centimes.

CARTES

de la Baltique, du Danube et de la mer Noire,

dressées par BINETEAU, ingénieur géographe.

Chaque Carte coloriée, de 28 centimètres de hauteur, sur 37 centimètres de largeur, se vend 50 cent.

SÉRIE DES PRINCIPAUX PLANS

du théâtre de la guerre.

EN VENTE AU 1er JUIN :

Silistrie, — Schoumla, — Saint-Pétersbourg, — Cronstadt, — Sébastopol, — Odessa, — Constantinople, — Helsingfors.

Chaque plan colorié de 26 cent. de largeur sur 16 de hauteur.

Prix de chacun, 25 centimes.

Ch. Lahure, imprimeur du Sénat et de la Cour de Cassation (ancienne maison Crapelet), rue de Vaugirard, 9.

www.ingramcontent.com/pod-product-compliance
Ingram Content Group UK Ltd.
Pitfield, Milton Keynes, MK11 3LW, UK
UKHW020940140726
13695UKWH00003B/1117